Peter Sticher-Taubert • Das Rüstkammersyndrom

Peter Sticher-Taubert

Das Rüstkammer-syndrom

Erzählungen

FRIELING

Die Schreibweise entspricht den Regeln der alten Rechtschreibung.

Die Deutsche Bibliothek CIP-Einheitsaufnahme
Sticher-Taubert, Peter:
Das Rüstkammersyndrom : Erzählungen / Peter Sticher-
Taubert Orig.-Ausg., 1. Aufl. Berlin : Frieling, anno 2001
ISBN 3-8280-1556-5

© Frieling & Partner GmbH Berlin
Hünefeldzeile 18, D-12247 Berlin-Steglitz
Telefon: 0 30 / 76 69 99-0

ISBN 3-8280-1556-5
1. Auflage anno 2001
Umschlaggestaltung: Designbureau Di Stefano
Sämtliche Rechte vorbehalten
Printed in Germany

*Ich möchte allen danken,
die durch ihre Hilfe zum Erscheinen
des Buches beigetragen haben.*

Inhaltsverzeichnis

Vorwort 7

Das Mädchen mit dem Katzenfell 8

Die süße Weihnachtsmaus 12

Das Lied der Birken 14

Der Newcomer 25

Das Rüstkammersyndrom 29

Vorwort

Zum Glück kann man Genie nicht klonen,
denn sonst würde wohl nicht eines von ihnen
jemals den schützenden Mutterleib verlassen.

Diese Erkenntnis, daß geniale Menschen immer unter uns
sein werden, gibt mir die Kraft und beflügelt meine Phantasie,
meinen Traum vom eigenen Buch wahrzumachen.
Mit Leib und Seele werde ich versuchen, alles zu geben, bis
meine Figuren zu leben beginnen und ich die Herzen meiner
Leser erreiche.

Peter Sticher-Taubert

Das Mädchen mit dem Katzenfell

Wenn es Liebe gibt, so habe ich sie erlebt, als Kind, an der Schwelle zum Erwachsenwerden. Sie war so groß, daß sie mich bis heute ausfüllt, und so rein, daß ich sie keinem verschweigen muß.

Ein Traum von einem merkwürdigen Unbekannten ließ jene so wunderbare Zeit erneut aufleben, denn ebendieser stellte mir immer wieder die eine Frage:

Wer war dieses zauberhafte Wesen, das mich so liebte, und wie lautete ihr Name?

Sie konnte nur eine sein, das Mädchen mit dem Katzenfell, nur so habe ich sie genannt in jenen Stunden, von denen ich nun berichten werde.

Es war ein Sommertag, der Himmel war so unschuldig und verlockend, die Sonne schien ganz still und warm, so richtig zum Dösen und Träumen. Selbst die Vögel sangen nur leise Melodien, und der Wind war mild und friedlich, es war ein Geheimnis um diesen Tag – ja, er hat mein Leben verändert.

Die Balkontür weit geöffnet, saß ich am Tisch und las in einem Buch. Eigenartigerweise ist mir bis heute unbekannt, was ich las und wer es geschrieben hatte. Etwas Stärkeres hatte alles gelöscht und nur eines gelassen, das Unbegreifliche!

Die Buchstaben verschwammen langsam wie Sahne im Kaffee, und das Buch wurde seltsamerweise immer kleiner, bis es restlos verschwand und mein Blick im Blau des Himmels versank. Nun war ich allein, auf einem Punkt, den ich später die zweite Ebene nennen werde.

Alles um mich entschwand, und ich spürte, wie eine unbekannte Kraft mich in eine andere Dimension, in einen unfaßbar schönen neuen Raum hob und mich sanft absetzte.

Wo war ich, was war geschehen? Mein Körper hatte sich von seinem eigenen Ich getrennt, und ich hatte Zeit, mich umzuschauen.

Ein mittelgroßer Raum im Stile eines Landschlosses mit einem Kamin aus Marmor und zwei großen Ohrensesseln.

In einem saß ich, in dem anderen nahm plötzlich mein zweites Ich seelenruhig und lächelnd Platz. Mein Erstaunen war riesengroß, denn er sah aus wie ich und war doch ein anderer.

Gekleidet in einen Hausmantel aus Samt saß er mir gegenüber, an den Fingern kostbare Ringe und eine herrliche Taschenuhr am Goldband. Sein Gesicht war schön und vertrauensvoll, seine Lippen leicht spöttisch und sein Haar dunkel und voll im Gegensatz zu meinem grauen, schon etwas licht gewordenen.

Er war ein Mann von Welt, nichts an ihm war banal, alles war männlich und von schlichtem Charme. Seine Stimme war ruhig und melodisch, er war ich und ich war er, aber nur auf den ersten Blick.

Er schlug die Beine gemütlich übereinander und erzählte mir, daß er mich schon lange beobachte, aber ich hätte immer von einer näheren Bekanntschaft Abstand genommen.

„Der Alltag war schuld", so antwortete ich ihm, „an solcher Gleichgültigkeit, der Kampf des Lebens." Er verstand mich und legte den Arm um meine Schulter, ein Schauer rann so schnell wie Ameisen über meine Haut. „Nun, Freund", sagte er, „du bist wirklich – ich nur Schein. Erzähl mir von deinem Leben und vor allem von deiner ersten großen Liebe."

Warum wollte er das wissen, mein Geheimnis, das ich noch keinem Menschen anvertraut hatte?

Was er nun sagte, klang etwas traurig, fast wehmütig. „Ich lebe nur durch dich, du aber bist mein wahres Ich." Er bat mich abermals um die Geschichte meiner ersten Romanze und rückte sich den Sessel zurecht.

Allen wird nun klar sein, daß dieses Gespräch in der zweiten Ebene des menschlichen Geistes ablief, welche man nur in Ausnahmefällen und unter Umständen erreicht, die nicht mehr erfaßbar sind.

Die Zwiesprache mit meinem bisher unentdeckten zweiten Ich brachte es an den Tag, mein Gegenüber war ein guter Geist und sehr neugierig.

Also begann ich, erst etwas stockend, doch dann wie von selbst, zu erzählen. Mein Konterfei unterbrach mich nach einer gewissen Zeit und sagte, ich solle in wenigen Sätzen dieses große Gefühl schildern, denn er habe nicht genug Zeit für allzu lange Wortspiele.

Ich könnte aus dem Traum, der, wie sich später zeigt, keiner war, zu früh aufwachen, was sein sofortiges Verschwinden zur Folge hätte.

Wie beschreibt man ein Gefühl in wenigen Worten? Es ging besser, als ich dachte, denn es war wirklich schnell gesagt.

„Stell dir vor, lieber Freund, diese Liebe war sonderbar, denn jedesmal, wenn wir uns küßten, waren wir Katzen mit weichem Fell."

Er sah mich spöttisch an, rieb sich die Hände und fragte erregt: „Wie habt ihr euch geliebt?"

Nun sprach ich den Satz, der mich bis an mein Lebensende beschäftigen wird.

„Wir schlugen uns die Samtpfoten um die Ohren und hatten nichts Besseres zu tun – als dicke Himbeeren zu küssen." Er umarmte mich und sagte, daß ihm noch nie so ein schöner Liebesbeweis zu Ohren gekommen sei, und fragte, „wer das Katzenmädchen wohl war"?

Aber mir blieb keine Zeit, ihm Auskunft zu geben, denn plötzlich erhob er sich, und mit einem schnellen „Bis bald" verschwand mein charmanter Gesprächspartner und mit ihm all die Sachen, die uns umgaben.

Eine große Traurigkeit umfing mich, denn mein Wunschbild war zerronnen, der Himmel, der blaue, tauchte wieder auf, so mild und warm. Die Bäume hatten wieder Blätter, in denen Vögel ihr Gefieder putzten, und die Sonne war abendrot.

Langsam reckte ich mich etwas, und im Unterbewußtsein sagte ich mir, das war ein einmaliger Traum, ein Kuß der Phantasie. Lange Zeit schaute ich nur dem Spiel der kleinen Windwolken zu und träumte mich zurück in dieses Wunder – doch was war das?

Vor mir, auf einem alten Stück Papier, stand der herrliche Satz, den ich schon fast vergessen hatte, von meiner Hand geschrieben im Traum – o nein, wer schreibt schon, wenn er träumt, wer träumt schon, wenn er schreibt? Da stand es, schwarz auf weiß, nie mehr auszulöschen, der Spruch von den Samtpfoten und den dicken Himbeeren. Der Beweis, es gibt sie wirklich, die zweite Ebene. Ich bitte um Entschuldigung, aber um Ihnen die Tragweite des Ereignisses begreiflich zu machen, mußte ich mich wiederholen, was bei der Bedeutung des Spruches zu ertragen ist.

Ich hatte nicht geträumt, war wirklich in das Innere des Bewußtseins vorgedrungen, hatte mein eigenes Ich gesehen und seine Stimme gehört. Was wird wohl die Wissenschaft, was die Öffentlichkeit zu solch einem Ereignis sagen? Ich weiß es nicht und will es auch gar nicht wissen, denn mir wurde eines klar: Obwohl die Erzählung zu Ende ist, die eigentliche Geschichte beginnt erst.

Sie zu schreiben und von meiner ersten Kinderliebe zu berichten, hatte ich Ihnen versprochen, doch es kam, wie Sie wissen, ganz anders.

Wer sie war und wo wir uns trafen, diese Antwort muß ich Ihnen leider noch schuldig bleiben – denn ich suche sie noch immer, das Mädchen mit dem Katzenfell.

Die süße Weihnachtsmaus

Alles begann mit einer Weihnachtskarte meiner damaligen Freundin Susanne, die für ihre besonders delikaten Einfälle bekannt war.

Sie schrieb mir in Gedichtform folgende Einladung:
Ach bitte zieh doch wieder
den roten Mantel an, denn ich liebe
dich so als Weihnachtsmann.
Ich zieh dir dann die Stiefel aus
und bin die ganze Nacht deine
süße Weihnachtsmaus.

Gegen 17 Uhr sollte ich bei ihr sein, und so holte ich mein Weihnachtskostüm aus dem Schrank und zog es in der Eile über den nackten Körper.

Es hatte frisch geschneit, und mit meinem Wagen würde ich die Strecke in zehn Minuten schaffen, glaubte ich. Mein Weg führte mich vom Norden der Stadt durch eine Flutrinne in den Westen.

Als ich diese erreichte, fiel mir ein kleines, rundes Verkehrsschild auf, welches vom Schnee verweht war. Ich fuhr aber einfach weiter und sah zu spät die mit Wasser gefüllte Senke, die überfroren im Mondlicht glänzte. Nun lief alles wie im Film. Ich bremste, doch da es bergab ging, rutschte ich weiter und sprang in meiner Verzweiflung aus dem Auto. Mit aller Kraft stemmte ich mich gegen die Motorhaube und versank bis zum Gürtel im Wasser.

Nach bangen Sekunden bekam ich den Wagen zum Stehen und stieg vorsichtig wieder ein. Ich schaltete in den Rückwärtsgang und gab watteweich Gas. Langsam fuhr der Wagen bergauf, und ich wendete, wobei sich mein langer Bart im Lenkrad verwickelte und abriß.

Ich begann jämmerlich zu frieren und fuhr über eine Umgehungsstraße zähneklappernd meinem Ziel entgegen.

Der Umweg hatte mich eine halbe Stunde gekostet, und als sie mir die Tür öffnete, stand ich triefend vor Nässe vor ihr und bekam kein Wort heraus.

„Wie schön, daß du doch noch kommst", sagte sie und schob mich in die warme Stube. Schnell zog sie mir die nassen Sachen aus, wobei sie sich im Gürtel meines roten Mantels verfing, und küßte mich.

Nun erst bemerkte ich den hell erleuchteten Weihnachtsbaum und daß ich gar kein Geschenk hatte.

Sie sagte nur: „Du bist doch da", und blies schnell die Kerzen aus.

Ich zog sie verliebt an mich und flüsterte leis:

„Schöne Bescherung, du süße Weihnachtsmaus."

Das Lied der Birken

In dem Neubaugebiet, in welches wir Mitte der achtziger Jahre zogen, war anfangs kein Baum oder Strauch zu sehen. Doch mit der Zeit entstanden überall grüne Flecken, viele Vögel kamen mit ihren Liedern, und ich begann, mich heimisch zu fühlen.

Nahe bei unserem Haus pflanzten die Gärtner viele Birken, immer paarweise nebeneinander, wunderbar. Ich freute mich darüber sehr und schaute jeden Tag, ob sie noch richtig wuchsen und ihnen keiner einen Ast krümmte.

Nach wenigen Jahren waren sie stark und wunderschön, gerade der Stamm, die Blätter erzählten Romanzen, und ich begann sie zu lieben.

Jeden Morgen begrüßte ich meine Freundinnen, und mein Herz schlug schneller, wenn ich sie berührte. Am Abend sagte ich ihnen gute Nacht, und sie rauschten leise im Wind.

Im Winter, wenn der Schnee auf den Wiesen lag, drängte sich unwillkürlich der Vergleich mit dem weiten russischen Land auf, und Laras Melodie aus Dr. Schiwago klang mir in den Ohren.

Nun glaubte ich, die russische Seele besser zu verstehen, diese wunderbare Schwermut im Herzen und die ewige Sehnsucht nach der Heimat. Doch als würden politische Veränderungen auch diese Idylle zerstören können, begann eine schwere Zeit für meine Birken. Jeden Tag war eine andere verletzt und mußte behandelt werden, wie eine Kranke mit gebrochenen Gliedern. Die Menschen waren hart geworden im Kampf um das Geld, das nun alles bestimmte, so hart.

Ich erinnere mich noch genau an jenen Morgen, der mir fast das Herz brach. Nahe am Weg, an dem meine beiden Lieblingsbirken standen, lag die eine umgebrochen am Boden, und ich war den Tränen nah. Mich erfaßte eine große Traurigkeit, denn keiner würde ihr mehr helfen können, ohne Lebensader. Zum Glück war einen halben Meter über der Erde, kurz unter der Bruchstelle, ein starker Trieb, der meiner Freundin vielleicht das Leben retten konnte. Schon nach kurzer Zeit kamen die Landschaftsgärtner und sägten den nun schon verwelkten Baum über dem Trieb ab.

Nun begann die Zeit der bangen Hoffnung – würde sie es schaffen und wieder austreiben?

Das Frühjahr kam, und die Natur war Sieger, denn mein Liebling stand voll im Saft. Der erhaltene Trieb richtete sich gerade in den Himmel, gestützt von einem Pfahl, und schien zu sagen: „Seht her, wie stark ich bin."

Nun begann eine frohe Zeit für mich, denn jeden Tag wurde sie größer und schöner, nur ihr Nebenan wurde etwas dünner, als würde sie alle Kraft und Nahrung der Freundin überlassen.

Nach wenigen Jahren war sie fast so groß wie die anderen, die, so schien es, mit dem Wachsen auf sie gewartet hatten.

Die Jahreszeiten wechselten sich ab, und ich glaubte schon, nun würde sie keiner mehr quälen. Aber gerade sie, die soviel leiden mußte, war erneut das Ziel seelenloser Menschen.

Mit Gewalt zu Boden gezogen, war zwar das biegsame Holz noch nicht gebrochen, aber der Stamm war in der Mitte, etwa zwanzig Zentimeter über der Erde, längs aufgerissen und lehnte kraftlos an seiner Nachbarin. 'Warum nur?' dachte ich. Noch kämpfte ihre Natur, die Blätter blieben grün, es war ein langsames Sterben. Ich versuchte ihr eine Stütze anzulegen, aber sie fand keinen Halt mehr, und ich glaubte, der nächste Winter würde ihr Schicksal sein.

Ein letztes Mal im Frühling ergrünte sie, doch schon im zeitigen Sommer welkten ihre Blätter, und das Holz wurde brüchig.

Nun sah ich, das es wirklich zu Ende ging, und mein Herz

wurde schwer. Zum Glück sah ich nicht, wie sie abgesägt und der Wurzelstock ausgegraben wurde. Eines Morgens war sie verschwunden, und nur ihr Nebenan stand allein mit hängenden Ästen da.

Nun erst begriff ich, warum man sie paarweise gepflanzt hatte, denn bald sah ich, daß die Einsame immer dicker im Stamm wurde, als würde sie vor Kummer viel zu viel Saft aus der Erde saugen. Sie brauchte nun nicht mehr zu teilen, obwohl sie es so gern getan hätte, denn sie waren wie Schwestern.

Nur die dunkle Erde, die man aufgeschüttet hatte, ließ ahnen, daß dort ein herrlicher Baum gestanden hatte. Selbst im Schlaf holten mich die Bilder ein, und ich träumte von einer kleinen Birke, die in meiner Hand wuchs.

Es war wie ein Auftrag, zu helfen, denn schon bald hatte ich ein neues Sorgenkind, ein Stück weiter vorn, am Weg. Wie zwei Wächter standen sie dort, einander zugewandt, aber die eine wurde schwach und dürr, ich glaubte, sie könnte eingehen vor Kummer über den Verlust ihrer verschwundenen Nachbarin. Jeden Morgen sagte ich zu ihr: „Halte durch, meine Gute", und jeden Abend klopfte ich ihren Stamm und sagte: „Na, siehst du, es geht doch." Sicher hat so mancher mich dabei gesehen, aber es war mir egal, die Hauptsache war, sie schaffte es, denn der Winter stand vor der Tür.

Die Wetterlage war günstig, es gab kaum Schnee und Kälte, ein Segen für die Schwache, Kraftlose. An einem schönen Sonnentag bemerkte ich, daß gerade mein Sorgenkind kleine pralle Knospen ansetzte, und ich sagte erleichtert: „Nun, mein Gutes, hast du durchgehalten, es war sicher schwer." Leise rauschte sie im Wind, und es klang wie ein Lied, mit dem sie mir sagen wollte, daß sie es nur mit meiner Hilfe geschafft hatte und wie schön es wäre, wenn alle so handeln würden. All ihre Schwestern, so schien es, fielen mit ein und steigerten das sanfte Rauschen zu einer starken Melodie, damit wir Menschen es nicht überhören, das Lied der Birken. Ein Hilferuf der Natur, damit wir wieder lernen, so wie es die Indianer seit unendlichen Zeiten tun, mit den Bäumen und Pflanzen zu leben und zu sprechen. Im Frühjahr dachte ich an meinen Traum von der kleinen Birke in meiner Hand und ging zu der Einsamen, die noch dicker geworden war.

Ich streichelte ihren starken Stamm und sagte zu ihr: „Lange brauchst du nicht mehr einsam zu sein, ich werde dir eine Schwester pflanzen."

Sie dankte mir mit dem leisen Rauschen ihrer saftigen, frischen Blätter, und wieder erklang die altvertraute Melodie.

Nun fühlte ich es ganz stark: Wir werden es ewig hören, das Lied der Birken.

Träume
stillen den
Hunger der
Seele,
und das Herz
muß nicht
mehr bluten
vor Sehnsucht.

Bleib doch, schöne Liebe,
mach mein Herz noch einmal jung,
laß es schlagen, rasen, jagen
in der Abenddämmerung.
Laß es fest verschmelzen
mit dem Sehnsuchtsmond,
laß es tief versinken,
wo die Liebe lohnt.

Meine Seele
ist so groß
wie das Weltall,
und mein Herz
berührt die
Sterne.

Hände
sind wie Küsse.
Sie können
streicheln
und machen
glücklich.

Wenn ich weine,
bin ich glücklich.
Wenn ich lache,
bin ich froh.
Lieg' ich in
deinen Armen,
bin ich überall
und nirgendwo.

Ich wurde nur erwachsen,
um meine Kindheit
zu bewahren,
und ich werde nur alt,
um endlich wieder
ein Kind zu sein.

Liebst du mich?
Ich glaub', ich
liebe dich.
Warum,
daß weiß ich nicht.
Nur eins ist klar:
Ich lieb' dich
mehr als mich.

Der Newcomer

Er war eine Künstlerseele, schon immer, und schrieb Songs und Geschichten, ohne dabei an Reichtum zu denken. Es kam aus seinem Inneren und aus tiefstem Herzen, ohne Aussicht auf Erfolg.

Erst hatte er Musik gemacht, viele Jahre in Bars und Cafés die Leute unterhalten und so manchen glücklich gestimmt. Sein Name hatte sich herumgesprochen, und sogar auf der Straße riefen sie: „Hallo Schubi, wo spielst du jetzt, was macht die Kunst?"

Er war glücklich, denn es lief gut, und der große Aufstieg lag ganz nah.

Doch die Jahre vergingen, und seine Haare begannen grau zu werden. Beim Fall der Mauer schrieb er einen Song für die neue Freiheit und balancierte eine Zeitlang auf des Messers Schneide.

Dann kam die große Entlassungswelle, die auch ihn erfaßte und ins Abseits trieb.

Doch er hatte wieder Glück und begann in einer Agentur zu arbeiten.

Schon bald fielen Schubi wunderbare Geschichten und Gedichte ein, und er begann zu schreiben. Seine Freunde und Mitarbeiter waren begeistert und drängten ihn, sich an einen Verlag zu wenden oder an Wettbewerben teilzunehmen.

Nach langem Zögern und keinem so guten Gefühl schickte Schubi sein erstes größeres Manuskript an eine Zeitung, die einen Literaturwettbewerb ausgeschrieben hatte. Er glaubte fest an sich und seine Story und wartete lange, bange Wochen auf die erlösende Antwort.

Doch es kam, wie es kommen mußte: Er erhielt eine der üblichen Absagen, mit der Aufforderung, es doch im nächsten Jahr erneut zu versuchen.

Der Zufall half Schubi, seinen Kummer leichter zu vergessen und seine Enttäuschung zu verdrängen. Ein bekannter Buchverkäufer, mit dem er beruflich zu tun hatte, wurde in die Jury des Ausscheides gewählt, und dieser öffnete Schubi in einem Gespräch die Augen.

Es waren 400 Manuskripte an die Zeitung geschickt worden, davon sollten sieben mit Förderpreisen belohnt werden – aber die Jury, bestehend aus namhaften Leuten, bekam nur die sieben Sieger zu lesen, ja, sie standen schon fest. Nicht eine von den vielen Geschichten wurde gelesen, denn keiner bekam sie zu Gesicht, und sein Bekannter trat wütend aus der Jury aus.

Als er seine Geschichte nach dem Gespräch gelesen hatte, kam der Hammer, denn er fand sie wesentlich besser als die so geschickt zum Erfolg geführten Werke.

Schubi beschloß, nie wieder an einem Wettbewerb teilzunehmen, und schrieb an eine Monatszeitschrift.

Sein Manuskript wurde auch hier abgelehnt, mit den eigenartigen Worten, daß man „leider" ausgebucht sei.

Kein freundliches Wort, hart für eine Künstlerseele, nicht einmal gelesen zu werden. Doch noch einmal kam Hoffnung auf, denn eine Freundin berichtete von einem neuen Wettbewerb. Diesmal war Lyrik gewünscht, und Schubi schickte seine schönsten Gedichte, obwohl er es nie wieder tun wollte.

In einer öffentlichen Lesung sollten die Sieger zu Wort kommen, doch Schubi war nicht unter ihnen – wie schwer, da die Hoffnung nicht zu verlieren.

Nicht einmal eine Absage lag im Briefkasten, und seine Gedichte, die Kinder seiner Seele, waren für immer in einem anonymen Papierkorb verschwunden.

In seiner Verzweiflung schrieb er einen Song mit dem Titel „Ich bin so furchtbar gerne arm" und reagierte damit seine Riesenwut etwas ab.

Doch aller guten Dinge sind drei, denn was nun kam, ist kaum zu glauben und zu verstehen. Ein neues Magazin startete einen Ausscheid für junge Autoren, die drei besten Erzählungen sollten gedruckt werden und waren an Förderpreise gebunden. Freunde drängten Schubi mit Nachdruck zur Teilnahme, trotz oder gerade wegen seines viel zu hohen Alters.

Mit einer packenden gesellschaftskritischen Geschichte ging er ins Rennen, und das Wunder geschah. Seine Story war der Sieger, ganz oben in der Gunst der Macher.

Eine Einladung in die Redaktion und der Termin der ersten öffentlichen Lesung kamen an, und Schubi war wie im Rausch, der tagelang anhielt.

Mit Freunden ging's fast jeden Abend in die Kneipe, der Whisky floß in Strömen, und so mancher sagte, daß er ihn schon immer geahnt hätte, den Erfolg.

Aber der Tag der Lesung rückte immer näher, und die Angst machte sich breit vor der Stunde der Wahrheit. Doch wie so oft kam die Rettung durch eine Schnapsidee von Freunden im Wirtshaus: „Such dir einen jungen Kumpel und schicke ihn an deiner Stelle zum Verlag."

Schnell fand sich einer, noch dazu mit blendendem Aussehen, der für eine Kiste Champagner und ein Handgeld bereit war, den Dichter zu geben, Eddy genannt.

Die Lesung wurde im Fernsehen übertragen, und Eddy begann, etwas unsicher, aber von den Damen angehimmelt, seine, also Schubis, Story zu lesen. Er steigerte sich, und schon bald wurde Beifall an den brisanten Stellen laut, der sich zum Schluß zum Orkan aufschwang.

Die Lage war gerettet, denn keiner hatte den Schwindel gemerkt, und Schubi konnte beruhigt schlafen gehen. Da Eddy den gleichen Familiennamen hatte wie er, war auch die Übergabe des Förderpreises kein Problem.

Als Eddy zurückkam, war eine große Party angesagt, alle schüttelten ihm die Hand, und keiner rechnete damit, daß er sie alle leimen würde.

Schubi wollte nun seinen Preis haben und den Verlag aufklären, doch Eddy dachte nicht daran, denselben rauszurücken, und spielte weiter den großen Dichter.

Die Story war kaum gedruckt, da begann ein Riesen-Medienrummel um Eddy, der nun völlig abhob und verkündete, bald sein neues Werk der Öffentlichkeit vorzustellen.

Keiner glaubte Schubi, der verzweifelt um seine Anerkennung rang und behauptete, die Geschichte geschrieben zu haben. Eddy kündigte rechtliche Schritte an und drohte mit Klage, was Schubi völlig entnervte.

Doch seine Freunde hatten die besseren Karten als Eddy, stellten die Sache in der Redaktion richtig und ließen den Betrüger auflaufen.

Aber das Magazin fürchte einen Skandal und drohte Schubi, ihn nie mehr zu drucken.

Was nun kam, war traurig und grotesk zugleich.

Da Eddy null Ahnung vom Schreiben hatte, mußte Schubi regelmäßig neue Storys schreiben, die alle Erfolg hatten.

Den Ruhm und einen Teil des Honorars schluckte Eddy, der Schuft, darum beschrieb Schubis letzte Geschichte den Mord an einem Schriftsteller.

Dieses Buch widme ich den Mitarbeitern aller Museen dieser Welt, die in aufopferungsvoller Arbeit die Kunstschätze pflegen sowie behüten und dabei immer mehr mit ihnen verwachsen, bis sie schließlich eins geworden sind, im stillen Einvernehmen.

Das Rüstkammersyndrom

1. Kapitel

Um Ihnen, lieber Leser und Kunstfreund, meine kleine, bescheidene Geschichte zu erzählen, bedarf es nur einer kurzen Einführung.

Als ich vor längerer Zeit meinen Dienst in einem wunderbaren Museum in einer einmaligen Stadt begann, ahnte ich nichts von dem, was mein Leben so entscheidend verändern würde. Nun, nachdem eine geraume Zeit verstrichen ist, wird mir alles klar und deutlich erkennbar, was so lange im Halbdunkel meines Verstandes wuchs und Gestalt annahm. Um Sie nicht länger auf die Folter zu spannen, lieber Leser, muß ich Sie mit meiner jetzigen Situation bekannt machen. Nicht wenige der ernsthaften Genies der Welt sind der Meinung, daß Menschen, die sich lange mit einem Kunstgegenstand von großer Ausstrahlungskraft befassen, nach einer gewissen Zeit die Züge desselben annehmen und sich gewissermaßen in ihnen widerspiegeln. Ebenso ergeht es Kunstwerken, die große Zuneigung zu bestimmten Personen empfinden, deren Gedankenwelt sie in sich aufnehmen und mit ritterlicher Tugend behüten.

Was mich nun anbelangt, erging es mir wie oben erwähnt und angesprochen.

Dieser wunderbaren Galerie, in der ich die Ehre hatte, Dienst zu tun, war auch eine märchenhafte Rüstkammer angeschlossen, die mich magisch anzog. Schon nach kurzer Zeit war ich ständiges Mitglied der Aufsicht in jener so schicksalhaften Stätte und somit ein Gefangener mit heimlicher Zustimmung.

Vom ersten Augenblick an waren wir, begonnen vom einfachen Dolch bis hin zum Prunkharnisch, uns einig auf immer – und ewig.

Nun ist alles zur Erklärung gesagt, und die erstaunlichste Geschichte, die je in einem so ergreifenden Museum geschehen ist, kann ihren Lauf nehmen. Sollte ich im Verlauf meiner Erzählung irgendeinem hochgeschätzten Mitarbeiter oder einem von mir so verehrten Kunstgegenstand Unrecht getan haben, bitte ich um ritterliche hochherzige Entschuldigung.

2. Kapitel

Alles begann, wie so oft, am Morgen – dem schicksalhaften. Die Rüstkammer glänzte besonders hell und harmonisch – ein Trick, von einem Rapier angezettelt, um mich, den Träumer, zu fangen. Dieses Rapier sollte im Verlauf der Ereignisse eine ganz besondere Rolle spielen, auf die ich immer wieder zurückkommen werde.

Unsere Zuneigung war von Anfang an so groß, daß ich sagen kann, wir haben beide gewußt, es gibt kein Zurück.

Immer wenn ich an jener Vitrine mit dem Rapier vorbeilief, erzitterte seine Klinge, und das wunderbare Gefäß erstrahlte im Glanz seiner edlen Steine. Mich durchlief eine heiße Welle des Glücks, die mich rot werden ließ wie einen Knaben, der heimlich seine Cousine liebt.

Einige Harnische bemühten sich sehr um mich, aber ich wollte mich am Anfang noch nicht festlegen, da ich allen gleich zugetan war.

Zwei charmante Steinschloßpistolen machten mir deutliche Avancen, was ich zu diesem Zeitpunkt für reichlich verfrüht hielt.

Mit dem festen Grundsatz, meinen Dienst so gut wie möglich durchzuführen, schritt ich durch die prächtige Halle, verfolgt von Tausenden steinerner Augenpaare aus feinstem Schliff und edelstem Feuer.

Ein Kammergeschütz allerdings zeigte von Anfang an ein sonderbares Verhalten. Immer wenn ich an seinem verzierten Lauf vorbeilief, wendete es sich leicht ab und zeigte mir eine unergründliche Abneigung. Am Anfang ärgerte ich mich darüber, doch bald hatte ich mich daran gewöhnt und schnitt dem dummen Hinterlader heimlich eine Grimasse, was diesen bis zur Weißglut reizte.

Eine kostbare Pulverflasche gab mir zu verstehen, daß sie durchaus noch in der Lage war, ihren Verpflichtungen nachzukommen. Doch, lieber Leser, wie Sie sich denken können, war in der Kürze der Zeit ein solcher Antrag nicht ernst zu nehmen.

3. Kapitel

An einem sonnigen, wohlgeordneten Wochenende, helle, lustige Sonntagsnachmittagswolken standen am azurblauen Himmel, ereignete sich etwas Sonderbares, Tiefes.

Ich sah mein Spiegelbild im Glas einer Vitrine und bemerkte, daß meine Arme metallisch zu glänzen begannen und meine Brust hart und ergreifend männlich erschien. Ich lächelte wissend und sah einen goldenen Schimmer auf meinen Zähnen; es hatte also begonnen. Ein großes, stromlinienförmiges Gefühl überfiel mich, welches in der Mitte immer stärker wurde und erst nach langer Zeit wieder abflachte. Lieber Kunstfreund, Sie können sicher verstehen, wie glücklich und traurig ich zur gleichen Zeit war, konnte ich doch schon ahnen, wie alles kommen würde. Wenige Tage später bemerkte ich beim Gehen ein leichtes metallisches Klirren in den Gelenken und eine Zunahme des Gewichtes.

Das war der Zeitpunkt, der alle Aufsichten in der Rüstkammer dazu bewegte, den Hausarzt aufzusuchen. Dieser untersuchte mich gründlichst mit einem eigenartigen Gesichtsausdruck, der in mir eine gezackte Erregung hervorrief, die sich schwer zusammenfalten ließ. Er gab mir den Rat, verschiedene Salate nicht mehr mit Olivenöl zu verfeinern, sondern gutes Maschinenöl zu benutzen. Des weiteren verschrieb er mir ein elegantes Metallputzmittel von angenehmer Wirkung, welches die ersten leichten Rostflecken von meinem Körper beseitigte.

Erstaunlich war auch, daß er mir vom Benutzen eines Bestecks zum Essen abriet. Sicher machte ich zu jener Zeit schon einen recht trutzigen Eindruck, und er wollte mit Sicherheit kleinere Scharmützel vermeiden.

4. Kapitel

Nach tagelangem Nachdenken über meine Situation teilte ich diese Neuigkeiten einem von mir hoch geschätzten Kollegen mit, der erstaunt war, wie schnell meine Metamorphose vor sich ging.

Auch er war schon leicht befallen, doch vollzog sich bei ihm alles anders; er neigte mehr zu Grünspansansatz und wurde mit anderen Pflegemitteln behandelt, da er sich in der Hauptsache mit mineralischen Exponaten befaßte.

Mit jenem Mitarbeiter verband mich vor allem ein übergroßes

Interesse an den Schätzen der Rüstkammer, was unserem Vorgesetzten und den vielen wissenschaftlichen Mitarbeitern nicht verborgen blieb. In zahlreichen Konsultationen mit ihnen vervollkommneten wir unser Wissen und waren nun in der glücklichen Lage, bei Anfragen von Besuchern sachdienliche Hinweise zu geben. Interessant war, daß diese galanten Fachgespräche immer von dem schon erwähnten Klirren begleitet waren, von dem natürlich auch diese leitenden Mitarbeiter nicht verschont blieben. Die meisten von ihnen waren auch schon in Behandlung und glänzten bereits in großer Erhabenheit. Gerade in dieser so ergreifenden Zeitspanne ereignete sich ein außergewöhnlicher Fall, der uns allen stark zu Herzen ging.

Einer der wunderbar holzgeschnitzten Warmbluthengste, welcher in edler Haltung, einen Harnisch tragend, im Gewölbe der Rüstkammer weilte, hatte sich unsterblich in eine Mitarbeiterin von enormer exotischer Veranlagung verliebt. Seine Metamorphose verlief ungewohnt heftig, über Nacht verlor er seinen rassigen Schweif, was bei uns tiefe Betroffenheit auslöste. Es fand sofort eine Krisensitzung statt, glaubte das arme Tier doch, sich in einen jungen Ritter umevilieren zu können. Durch eine Injektion von bestimmten gekreuzten Hormonen in Kochsalzlösung wurde dieser bis dahin einzige Fall von Umkehrsyndromatik verhindert. Der Schweif des Tieres ist trotz intensiver Bemühungen seitens aller Mitarbeiter nicht mehr nachgewachsen und sollte allen eine Warnung sein.

5. Kapitel

Der Museumsbetrieb nahm mich nun immer mehr gefangen, und so merkte ich kaum, wie die Zeit verging. Seltsam war für mich, daß wenige von mir ungerechterweise bevorzugte Exponate an den beiden Ruhetagen, die ich in der Woche hatte, unter meiner Abwesenheit litten. Sie verloren den Glanz und ihre Ausstrahlung auf den Besucher. Wie sich jeder vorstellen kann, spendete ich nur zu gern liebevollen Trost. Doch leider schlug mir nicht nur Sympathie aus den zahlreichen Vitrinen entgegen. Einige Landsknechtschwerte, angeführt von einem Sensenschwert, welches sich im Besitz von Thomas Münzer befunden haben soll, intrigierten während meiner Abwesenheit gegen mich.

Sie stellten einen Mißtrauensantrag und versuchten mich aus meiner geliebten Rüstkammer zu vertreiben. Verhindert wurde dies nur durch die besonnene Haltung von drei Kurschwertern, die den Antrag abschmetterten. Die überwältigende Mehrheit der Harnische und Rapiere stellte sich auf meine Seite und sprach mir das Vertrauen aus. Zu diesem Punkt muß ich Ihnen, lieber Leser, erläutern, daß es eine geheime Sprache zwischen den Mitarbeitern und den Kunstgegenständen gab, die nur von Auserwählten verstanden wurde, den Metamorphosesyndromatikern, kurz Metamatiker oder auch Mathis genannt.

An einem trüben Tag, es herrschte unberechenbares Wetter, welches zu allem fähig war, sollte ich zu hören bekommen, was meine Gegner dachten.

Um mich zu ärgern, sangen die Landsknechtschwerter, dirigiert vom Sensenschwert, das altbekannte Lied vom Mops und dem Ei, mit abgewandeltem Text.

Mit rauher Stimme intonierten sie hämisch grinsend einen schauerlichen Gesang.

„Ein Duc kam in die Küche und stahl dem Rex ein Ei. Da nahm der Rex die Streitaxt und schlug den Duc zu Brei." Dieses böse Spiel wiederholten sie so lange, bis ich in Harnisch geriet und mich sorgfältig bewaffnete, um dem Treiben ein Ende zu machen.

Das anfangs erwähnte Kammergeschütz lachte mich natürlich ebenfalls aus und sagte mit beißendem Spott, daß ich wie der Ritter von der traurigen Gestalt daherschreiten würde. Das Maß war voll, und ich begab mich in Ausgangsstellung, wurde aber schnell auf den Boden der Tatsachen zurückgeführt, denn der Lauf meines Gegners richtete sich drohend auf mich. Ich mußte also meine erste Niederlage einstecken und sann auf bittere Rache, mein Beinzeug begann dabei schon beträchtlich zu klirren. Die darauf folgende Nacht erlebte ich schlaflos, erfüllt von finsteren Wachträumen und teuflischen Plänen.

6. Kapitel

Am nächsten Morgen wachte ich erschöpft und gezeichnet von der vergangenen Nacht auf und erlebte ein Wunder. Nichts war geblieben von allen Rachegedanken, mein Sinn hatte sich gewandelt.

Ich beschloß, mich nicht mehr von meinen Gegnern provozieren zu lassen, und insgeheim wiederholte ich ständig den alten Spruch: „Ihr könnt mich mal am Harnisch lecken und dabei sehr viel Freude wecken."

Langsam kehrte in meine zerrissene, geschundene Seele wieder Ruhe ein, und ich begab mich voller Freude zum Dienst in die Rüstkammer.

Ich wurde mit allen ritterlichen Ehren von der Mehrzahl meiner Verbündeten begrüßt, die mir mitteilten, daß sich inzwischen die meisten Partisanen und Helmbarten ebenfalls gegen mich verschworen hatten. Es war also zum offenen Konflikt zwischen den Landsknechts- und den fürstlichen Waffen gekommen. Diesen Zustand beendete ein resolutes Granatgewehr umgehend, zu meinem großen Glück mit einem kurzfristigen Ultimatum an die Meuterer. Schon wenige Stunden nach Beginn des Ereignisses waren Ruhe und Ordnung wiederhergestellt, und ich konnte mich wieder meiner wichtigen Aufgabe widmen.

Eine wunderbar geformte französische Helmbarte, deren Charme mir schon oft aufgefallen war, bekräftigte den alten Spruch, daß: Ausnahmen die Regel bestätigen. Sie schwor mir ewige Treue. Meine große Sorge erwies sich als unbegründet, das Kräfteverhältnis in der Rüstkammer hatte sich wieder zum Positiven geändert.

7. Kapitel

Ein anderes Problem bemerkte ich erst viel später: Einige Kunstwerke, die ich durch dienstliche Belange nicht genug beachten konnte, begannen zu vereinsamen.

Ein wunderbarer Degen mit einem emaillierten Gefäß, getragen von Johann Georg III., war beredtes Beispiel für diesen alarmierenden Vorgang. Nur durch besondere Zuwendung der Kollegen und meine persönlichen Pflege, gekoppelt mit einem Betreuungsplan, konnte historisch Wertvolles vor dem Verfall geschützt werden.

Nun, lieber Kunstfreund, möchte ich Ihnen über das sonderbare Benehmen eines Richtschwertes berichten, welches einst in grauer Vorzeit den Kopf des Nikolaus Grell vom Rumpf trennte.

Jedesmal, wenn ich in dem Revier Dienst tat, in welchem dieses Mordinstrument hing, ereignete sich etwas Seltsames, Mystisches.

Senkrecht an der Wand befestigt, erregte dieses Schwert die Aufmerksamkeit der Besucher durch seine tödliche Klinge, die noch vom Blut des Gerichteten, so schien es, benetzt war. Ebendieses vom Schicksal so schwer belastete Schwert machte mir das Leben zur Hölle.

Kaum lief ich, durch meinen Dienst verpflichtet, an dem Richtschwert vorbei, wurde seine Klinge rot glühend, und eine sonderbare Unruhe ging von der selben aus.

Es wurde immer deutlicher, auch diese Waffe war kein Freund. Und sie zeigte es mir jeden Tag aufs neue.

In der uns eigenen Sprache der Metamathiker ließ es unverdrossen den Spruch hören:

„Ich haue dir die Birne ab, und nicht zu knapp, doch glaub mir, völlig ab."

Es bestand kein Zweifel, dieses Ungeheuer hatte es auf mich abgesehen. Sie können sich sicher vorstellen, welches Grauen mich angesichts solcher Offerten überfiel.

Doch ich hatte gute Freunde, wie sich gleich zeigen wird.

8. Kapitel

Selten erfreut man sich in der Not wirklich des Beistands anderer, doch ich hatte eben dieses große Glück. Leider verschlechterte sich mein Zustand plötzlich und unerwartet derartig, daß der Hausarzt hinzugezogen werden mußte. Meine Metamorphose begann galoppierende Ausmaße anzunehmen, ich brach bei der Ausübung meines Dienstes, begleitet von lautem Klirren, zusammen. Da dies ein bisher völlig unbekanntes Krankheitsbild war, wurde eine Expertenkommission einberufen, die auch sogleich ihre wissenschaftliche Arbeit begann.

In diesem Zusammenhang ist zu erwähnen, daß, angefangen von meinen Vorgesetzten bis zum letzten Mitarbeiter, sich alle sehr um mich bemühten. In unserem Museum herrschte ohne Zweifel eine von ritterlichen Tugenden bestimmte Atmosphäre. Doch ich sollte gar nicht erst dazu kommen, allen meinen Dank auszusprechen, denn durch die unabhängige Kommission wurde bei mir eine umfassende, nicht mehr rückgängig zu machende Eiseninklusion festgestellt.

Die Blicke der Ärzte sprachen Bände, doch mich machte dies nur noch um so glücklicher. War es nun soweit, hatte ich mich durch meine Liebe unheilbar infiziert?

Mein Herz schlug heiß, doch langsam und unaufhaltsam nahm mein Blut eine dunkelblaue, enorm erotische Farbe an.

Ausgelöst durch diese große Freude, erholte ich mich schnell und bat die Ärzte, meinen Dienst wieder antreten zu können. Da es zu dieser Zeit medizinisch keine Möglichkeiten gab, meinen Zustand zu bessern, gestatteten die Experten mir, unter bestimmten Auflagen, sozusagen im Schongang, meine Arbeit wieder aufzunehmen.

9. Kapitel

Sie können sich vorstellen, lieber Leser, welche Freude mein Erscheinen bei allen auslöste. Einige Rapiere überschlugen sich fast und organisierten eine Rüstkammerparty mit allen Schikanen. Da ich früher einmal in einem Fechtclub eingeschrieben war, nahmen sie mich im Bund der „Unverwundbaren" auf. Es wurde eine ergreifende Zeremonie, die allen an die Seele ging. Selbst alteingesessene Gegner, wie das Sensenschwert nebst Kameraden, waren tief bewegt und schworen mir die ewige Treue.

Zu allem Glück boten mir die wohl prominentesten Vertreter fürstlicher Gunst, die Leibwaffen von August dem Starken, ihre

Dienste an. Dies war wohl der bis dahin unerreichte Höhepunkt in meinem Leben. Gerade in dieser Zeit machte mich mein Kollege, wie Sie wissen, war er ein Experte in Sachen Mineralien, auf ein Phänomen aufmerksam.

Sie müssen sich vorstellen, ich im harten, schlichten Eisen und er schon funkelnd, mit verschiedenen Kristallen bewachsen, rettungslos der Rüstkammer verfallen, im Gespräch. Für den Außenstehenden ein Bild der Unfaßbarkeit, scheinbar ohne Sinn, doch für den Kunstliebhaber Bekenntnis und Hingabe ohnegleichen.

Die Sache war folgende:

Eines Tages erhielten wir von einem namhaften Museum eine Leihgabe zur Verfügung gestellt. Es handelte sich um den Feldharnisch von Moritz I. Im Kampf ums Leben gekommen; war sein Geist noch so willensstark, die gesamte Rüstkammer durcheinander zu bringen.

Pünktlich um 11 Uhr morgens war ein lautes, polterndes Geräusch zu hören, obwohl in der Zwischenzeit der Harnisch nicht mehr in unseren Räumen ausgestellt war. Dieses wiederholte sich täglich und war nur das Vorspiel zu weiteren Ereignissen. Denn genau um Mitternacht war hier der Geist von Moritz los, und es gab kein Entrinnen, wie aus Berichten einiger Harnische hervorging.

Einem Trauerdegen schlug dann die Stunde. Er erzählte grauenhafte Gruselgeschichten von sterbenden Fürsten und verlassenen Prinzessinnen, mißbraucht, von Raubrittern in Schande gebracht. Dazu schwang Moritz sein Schwert und war immer noch hart am verwunschenen Feind.

10. Kapitel

Mit der Zeit gewöhnten wir uns an unseren Hausgeist, und dabei half uns eine Brigantine aus rotem Samt ungemein. Sie war der Harlekin der Rüstkammer. Ausgestattet mit einem wunderbaren, natürlichen Humor, erfreute sie uns über die Maßen. Eines Tages stellte sie uns die Aufgabe, ein Rätsel zu lösen. Sie fragte uns im typischen Umgangston der Mathis, was wohl das Wichtigste im Museum sei. Keiner wagte es, die Antwort zu geben.

Mit unerreichtem Charme und weicher, sonorer Stimme gab sie die Antwort. „Das Wichtigste im Museum ist die Aufsicht, denn ohne dieselbe ist es eben kein Museum, nicht?"

Das Gelächter war groß, denn selbst einige anwesende Direktoren empfanden die Komik des Moments, und man schlug sich auf die Schenkel.

Bald sprach sich mein bedenklicher Zustand überall herum, und ich konnte der liebevollen Unterstützung aller Rüstkammerfreunde sicher sein.

Leider stellten wir bei einer gewissen Anzahl von Besuchern einen bedauernswerten Hang zum Sparen an der falschen Stelle fest, der sich wie folgt äußerte: Man wollte einfach die notwendige und für meine Begriffe angemessene Summe, die das Museum als Eintrittsgeld erhob, nicht zahlen. Ein altes, würdiges Rennzeug, vom Zahn der Zeit sichtlich gezeichnet, sprach traurig jene Worte, die ich Ihnen nicht vorenthalten möchte.

„Es ist ein schlimmes Tun, wer solches hat geduld, der prächt'gen Dresdner Sammlung den Zins nit zahlen wullt." Alle pflichteten dem Rennzeug bei und empfanden die alte, längst vergangene Sprachform als äußerst charmant.

So sicher wie das „Amen" in der Kirche verlief in den folgenden Wochen meine Metaphysis; Arme, Beine und Brust waren schon von edlem, mattem Glanz, und die Gesichtszüge drückten einen unbeugsamen Willen aus. Mein Haar nahm eine muschelgraue, seltene Farbe an, und mein Wesen wurde durch vornehme Zurückhaltung geprägt. Ich war auf dem Weg, der Entsagung und Glück zugleich war.

11. Kapitel

Lieber Leser, nun ist es an der Zeit, ganz kurz über einen Mitarbeiter zu sprechen, der mir viel Mut machte, dieses überaus erregende Buch zu schreiben. Glaubte ich doch zu dieser Zeit, daß es wohl kaum einen Menschen interessieren würde. Er war ein alter Hase, kannte sich aus im Verlagswesen und riet mir, meiner inneren Stimme zu folgen. Dieses Vorhaben in die Tat umzusetzen, war gar nicht so einfach, da eine hinterhältige Springklinge mich permanent daran hinderte. Doch auch gegen dieses Ungemach konnte ich mich durchsetzen, das Ergebnis haben Sie, Gott sei Dank, vor sich.

In dieser Zeit fiel uns in der Rüstkammer ein goldener Prunkharnisch auf, dessen Herkunft unverkennbar das schöne Frankreich war. Laut sprach, oder besser: seufzte er, erfüllt von heißem Verlangen, immer wieder folgenden Satz: „O Amor, du Gott der Liebe, wo sind sie, die Nymphen, die manischen, die erfüllen meine Triebe?"

Alle hatten Verständnis für seine Wünsche, doch ein bißchen übertrieben fanden wir es schon. Der Dienst war hart, und es blieb wenig Zeit für solche Gedanken.

Zu allem Überfluß begann ein vergoldeter Inventionshelm in prächtiger Adlergestalt, selbstverfaßte Gedichte zu deklamieren.

Lieber Kunstfreund, ich möchte Ihnen diesen seltenen Genuß

nicht vorenthalten, doch zwingen mich die Ereignisse, umständehalber von sehr eigenartigen, seltsam verschlungenen Dingen zu berichten.

12. Kapitel

Ausgelöst wurden die folgenden Geschehnisse durch einen fast klassisch zu nennenden Vorfall.

Eine sehr anregende Mitarbeiterin schenkte mir einen verführerisch sündhaft roten Apfel, um mir, dem Bewunderer aller schönen Frauen, eine deutliche Freude zu machen. Mein anfangs erwähntes Lieblingsrapier warnte mich, teils aus echter Sorge, aber auch aus verständlicher Eifersucht, etwas von dem Apfel zu essen.

Ich wurde rot wie eine Tomate im Schatten der Nacht und konnte der Versuchung nicht widerstehen, ein Stück des köstlichen Obstes zu essen. Leider war uns Mathis seit langem bekannt, daß bestimmte Obstsorten eine für uns gefährliche Säure enthielten, die durch allergische Reaktionen eine begonnene Metaphysis in Gefahr bringen konnten.

Die Folgen waren nicht abzusehen und stellten die hoffnungsvolle Entwicklung plötzlich und unerwartet in Frage. Meine Eiseninklusion wurde jäh unterbrochen, und mein Blut nahm eine hellrote, verwaschene Farbe an. Die unabhängige Ärztekommission untersuchte mich eingehend, doch wie so oft regelte der Zufall alles und verhinderte die Vertreibung aus dem Paradies. In meiner verständlichen Verzweiflung trank ich in jener für mich so traurigen Nacht eine Flasche vom feinsten Whisky und versank in einen tiefen, traumlosen Schlaf.

Am darauf folgenden Morgen erwachte ich, erfüllt von einem

tiefen Glücksgefühl, etwas benommen, aber sehr erotisch, anschwellend. Das Wunder war geschehen, mein Körper war hart und ritterlich, meine Metaphysis war, wissenschaftlich gesehen, wieder auf dem Vormarsch, und mein Glück war grenzenlos.

13. Kapitel

Von meinem Zustand waren natürlich alle in der Rüstkammer unterrichtet und in großer heimlicher Sorge.

Sie können sich selbst ausmalen, lieber Kunstfreund, wie mein, wider aller Erwartung, rüstiges Auftreten auf alle Freunde wirkte. Spontan dichtete unser Hauspoet zur großen Freude aller Mathis das Poem vom Ritter und der schönen Dame.

Mit klarer, heller Stimme trug er, sich seines Glanzes bewußt, folgenden Vers vor:

Die schöne Dame kann nicht weg, er hat sie aufgespießt zum schlimmen Zweck – mit seiner langen Lanze zum wilden Paarungstanze.

Wie kann sie sich nun rächen? Sie muß ihm einfach nur die Lanze brechen.

Doch so leicht ist dies nicht getan, bei einem strammen Rittersmann, da muß man stechen, hauen, schlagen und nicht nur „Ist das herrlich" sagen!

Ohrenbetäubender Beifall aller Mitarbeiter und laute Bravorufe von so manchem ehrlichen Haudegen war die Folge. Das bis zur letzten Minute mir nicht sehr wohl gesonnene Crellschwert freute sich riesig über meine Genesung und beglückwünschte mich tief bewegt. Das eingangs erwähnte Kammergeschütz feuerte sechsmal Salut, und alle stimmten laute Hurrarufe an. Nun ging die Sache schnell voran. Der Hausarzt informierte die Direktion, der meine Metaphysis nicht verborgen geblieben war, und man begann sich Gedanken über einen möglichen Stellplatz in der Rüstkammer zu machen. Eine ebenfalls schon leicht inklusierte Mitarbeiterin, die mir bei der Niederschrift meiner Geschichte sehr half, stand mir tugendhaft zur Seite und hob meinen Blutdruck durch fachgerechte Blicke aus ihren schönen Augen in angenehmer Weise an.

Dies bewegte einige Radschloßpistolen derartig, daß ihnen vor Erstaunen die Feuersteine aus den Bügeln fielen und wir alle wegen soviel übertriebener Neugier lachen mußten. Mein mineralischer Mitstreiter klopfte mir scherzhaft ans Armzeug und schlug mir vor, doch frischen Mutes ins Stechen zu gehen, um der Dame meine Dankbarkeit zu zeigen. Ein gelungener Scherz, der wieder einmal allgemeine Heiterkeit verursachte.

14. Kapitel

Einige Tage später überfiel mich ein mathisch stark übersteigertes Gefühl, welches mir das Ende meiner irdischen Laufbahn anzeigte.

Die Beigabe von gutem Maschinenöl mußte beträchtlich erhöht werden, und die Pflege des Rostbefalls nahm immer mehr Zeit in Anspruch. Meine Beweglichkeit beschränkte sich auf ein Minimum, und einige aufmerksame Besucher der Ausstellung empfahlen mir, mich zur Ruhe zu setzen.

In dieser für mich so schweren Zeit wurde mir von der Spezialistenkommission ein Arzt zur ständigen Begleitung zur Verfügung gestellt, der aufgeregt über meinen Gesundheitszustand wachte.

Die größten Schwierigkeiten hatten die Experten mit meinem

Herzen, dem einzigen Organ, welches nicht inklusierte und rot glühend durch den Brustharnisch schimmerte.

Was würde die Zukunft bringen, und wer konnte für meine Sicherheit garantieren?

Ein wunderbarer Prunkharnisch, von Christian II. getragen, nahm die Sache nicht so schwer und sprach mit tiefer, wohlklingender Stimme: „Lieber Freund, erst lerne das Trinken, das andere wird sich schon finden."

Ich war leicht schockiert, da ich in dieser Richtung eine gewisse Zurückhaltung an den Tag legte, aber der Gedanke war nicht schlecht. Alle Mathis kicherten und unterstützten den Bacchus der Rüstkammer bei seinem alkoholischen Lehrstück. Schnell organisierte man ein Gelage, es wurden nur die besten Weine kredenzt, und angefangen von allen Jagdhörnern, über sämtliche Harnische bis letzten Endes zu meiner Wenigkeit, soffen wir, was der Becher fassen konnte.

Alle, selbst meine größten Gegner, fanden, daß ich ganz passabel mithielt, und nun erst war ich in der erlauchten Runde richtig aufgenommen. Wie Sie wissen, lieber Leser, beschleunigte Alkohol meine Metaphysis enorm, und so war es nur noch eine Frage der Zeit, bis ich ganz in edlem Eisen die heiligen Hallen zierte.

15. Kapitel

Nun, da Eile geboten war, lief alles schnell und reibungslos.

Eine schöne Vitrine wurde an einem der wunderbaren Stützpfeiler des Gewölbes, welches die Rüstkammer überdachte, aufgestellt.

Direkt über der Vitrine waren eine italienische Sturmhaube und ein Schild von seltener Kunstfertigkeit angebracht. Rechts daneben stand unser lustiger roter Harlekin. Links mein Lieblingsrapier und genau davor der französische Prunkharnisch, ein Geschenk des Herzogs von Savoyen, und die charmanteste Helmbarte aller Zeiten. Ich war also in bester Gesellschaft.

Mein großer Tag rückte immer näher, der Inklusionszeitpunkt wurde fast auf die Minute genau, gegen Mitternacht des darauf folgenden Tages, von der Expertenkommission vorausgesagt.

Ich bat die Direktion des Hauses, meine museale Metaphysis in aller Stille, ohne den üblichen Presserummel, zum Schluß kommen zu lassen. Man kam meiner Bitte sehr gern nach und erleichterte mir meinen letzten Weg in ritterlicher Weise.

Die letzten Stunden meines menschlichen Daseins waren angefüllt mit Gesprächen und Glückwünschen vieler Freunde, die es alle sehr bedauerten, mich schon so schnell zu verlieren.

Gegen Abend versammelten sich nur einige wenige dem engsten Kreis angehörende Mitarbeiter. Es herrschte eine gespannte Stille, und nur der kalte Schein des Vollmondes drang durch das Fenster.

Meine tugendhafte literarische Geburtshelferin küßte mich unter Tränen auf die Wange und löste damit wohl den letzten erotischen Vulkanausbruch aus. Alle nahmen regen Anteil an diesem Vorgang, und so mancher war froh, nicht in meiner Haut zu stecken. Doch das Schicksal nahm unabänderlich seinen Lauf, und kurz vor Mitternacht versank ich in einen Dämmerzustand. Man führte mich langsam und bedächtig zu meinem neuen Stammplatz und bat nun alle Freunde, die Rüstkammer zu verlassen.

Das nun Kommende durften nur echte Mathis erleben, und glauben Sie mir, lieber Leser, es war gut so.

16. Kapitel

Kaum waren wir unter uns, nur noch mein mineralischer Freund war anwesend, erschien der rauhe Geist von Moritz.

Kurze Zeit vor Mitternacht ließ er mich niederknien und sprach mit schauerlicher Stimme das ritterliche Zeremoniell: „Ich schlage dich zum Ritter des Ordens vom goldenen Vlies."

Ich spürte das kalte Metall seiner Klinge auf meinen Schultern und war von der großen Ehre überwältigt.

Der Ordensstern wurde mir feierlich umgelegt, und ich leistete tief bewegt den Treueeid.

Nun überreichte man mir ein schlichtes, aber wehrhaftes Schwert aus den Beständen des Kurfürsten August, welches ich in großer Demut an meine Brust preßte, und ich trat ein in meinen selbst erwählten gläsernen Gral.

Genau um Mitternacht begann mein gepanzerter Torso vom blassen Hellrot bis hin zum erotischen Dunkelblau zu glühen. Die Glocken der Hofkirche läuteten gespenstig, und ein mathischer Schmerz von unvorstellbarer Härte begann mein restliches Stück Menschsein zu besiegen.

Mit dem letzten Glockenschlag war alles vorbei, und eine tiefe, wunderbare Ruhe erfüllte mich.

Im Spiegelbild der Vitrine sah ich mich: der Helm, der Brustharnisch und das Beinzeug von edelstem Eisen, gestützt auf mein Schwert.

Welches Bild, welche Ehre, welches Glück!

Ein letzter Händedruck meines treuen mineralischen Freundes, der mir sicher bald folgen wird ins Wunderland der mathischen Helden.

Mein irdisches Dasein war zu Ende, um einem größeren Ideal zu weichen. Auf einer schlichten Tafel aus Silber stand, in mathischen Buchstaben unabänderlich eingraviert, der von mir in tiefer Ergriffenheit verfaßte Spruch:

„Zu Eisen geworden
aus Fleisch und Blut –
in ewiger Liebe
mein Herz hier ruht."

Still und majestätisch verneigten sich alle Mathis vor mir, und die dunkle Nacht nahm uns auf ins Reich der Träume.